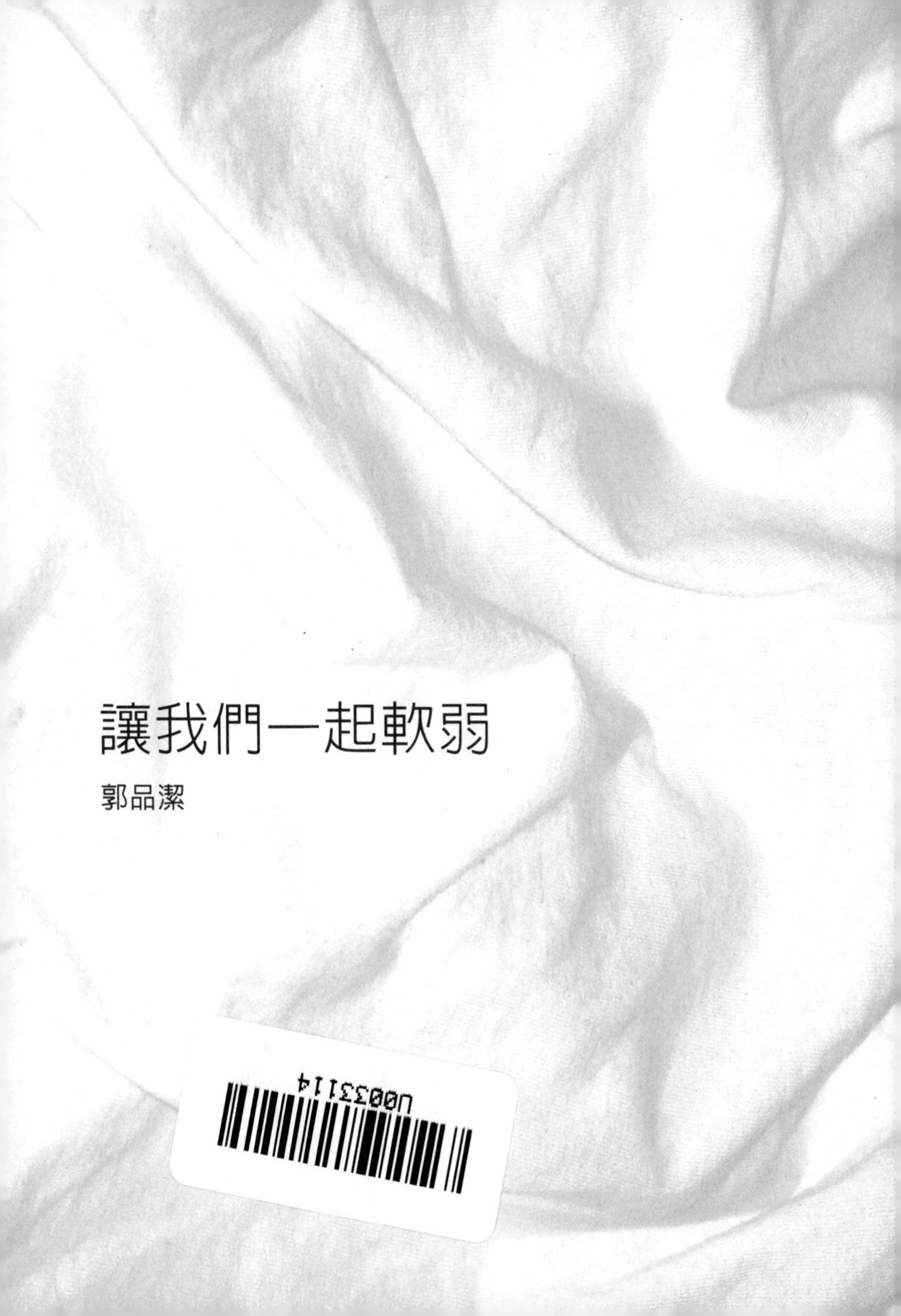

讓我們一起軟弱

郭品潔

c o n t e n t s

骯髒的海灘

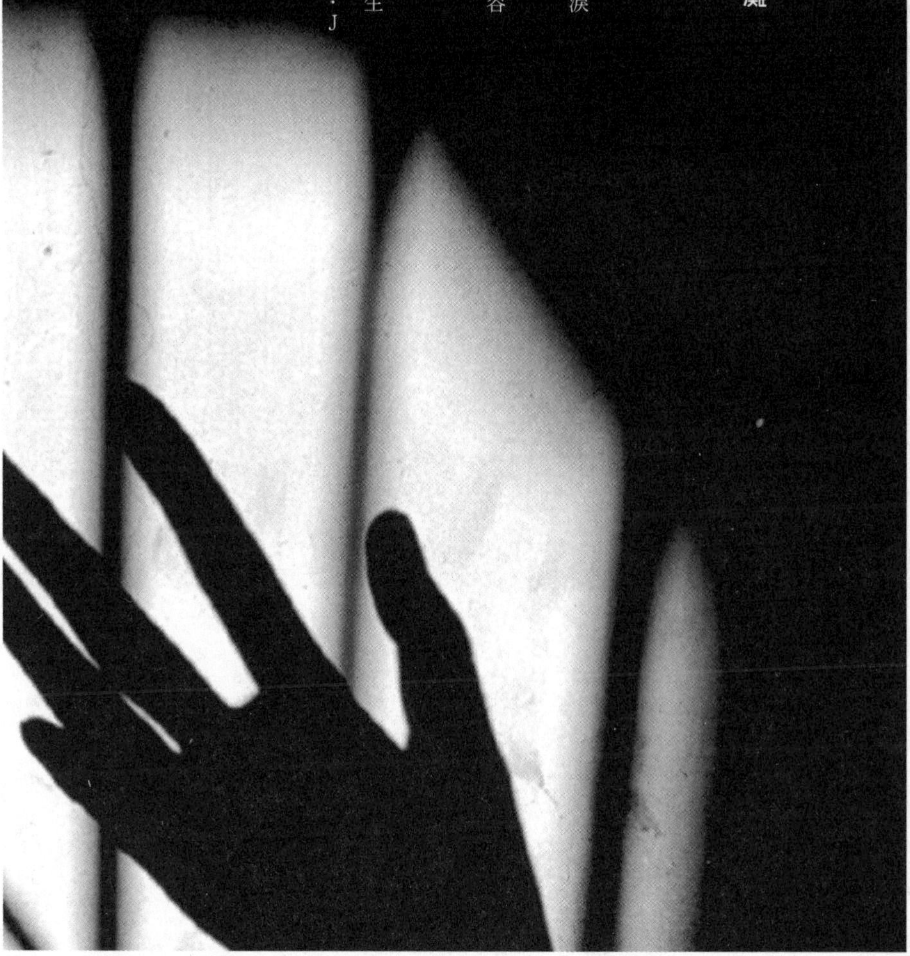

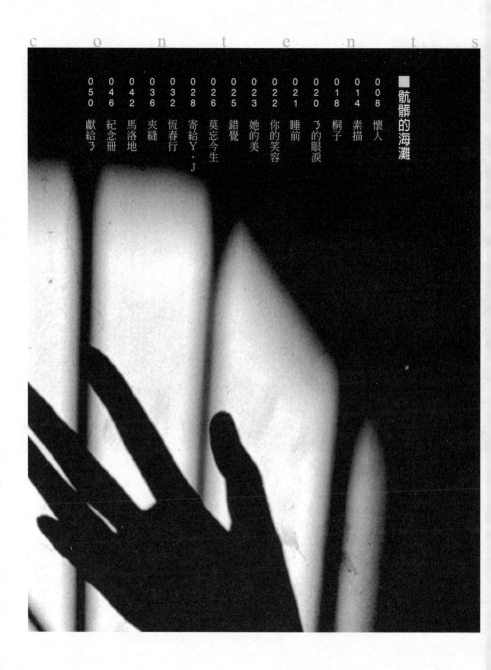

e n t s

我的貝歇氏病症候群

c o n t

讓我們一起軟弱

骯髒的海灘

懷人

將你的信擱在兩冊詩集上頭
剛倒滿的開水已有些許塵埃漂浮
你的字跡並不難懂
偶有模糊擴散之處——
「我已失去，再度失去
為你斟酌用韻的心情。」
你說

（這些是斑點

蘑菇房子的斑點
韓國草被雨洗得好乾淨
剩下的木頭可以用來釘郵筒
釘一個垃圾箱
你也該管管毛毛吧
牠老愛亂啃我的花苗
毛毛像你
紅花我愛）

其實
你的沉默並不意外
每次爭吵你都堅持
沒有生氣

只是
不喜歡這樣
我摘下眼鏡
有一陣隱忍的快意
隱忍著不告訴你
我是陳貨架上
你所能找到的
最好的咖啡

像每一個蠢蠢的結尾
你要我聽明地
忘了你
第二天又一起上醫院
排隊掛號
帶著五天份的藥包
和一紙診斷證明書
繞過悶熱的荷花池
在變葉木下吃麵包
快快樂樂等待
電影開演

連續三個晚上
在偌大的城市
找地方喝酒
有些醜覭
慚愧的告訴你我又
清醒的嘔吐
連為什麼也最好少問
你為什麼不明白
為什麼胃疼？

終於可以一個人任性的熬夜
節食

以及發呆
夏天即將結束
他們在一個雷雨的清晨
關閉了骯髒的海灘
我撕去肩頭和頸後的廢皮
讀完整個書架的小說
決定停止想像
我知道
你不必把我忘記

素描

那是音樂嗎？
商店發出毛氈的氣味
孩子們臉上留有大塊的污漬
他們牽手跳著
骯髒的衣服多麼雷同
童話的封面
只一天便全部憔悴了
巷子裏的母親是肥碩
且多產的

當她們躺下如一方肉案
蒼蠅啃吻著每一吋聖潔
噢，陰溝裏的紙船已經擱淺……
遠遠的高處有旗幟在單獨地歡悅
各種房子聚在一起
晚餐後總需要搖椅和
使勁呼吸
水池裏的碗碟小聲交談
偶爾一個年輕人會在牆腳擺滿油畫
他的風格介乎逼真與粗俗之間……

或者明天將與醜醜的女子嬉戲然後說是的
倒些牛奶在她們磨損的掌心

暗暗扯下幾絲頭髮
在乾冷的早晨
豎起領子走到車站

桐子
關於你在火車上哭了又笑開
這件事我委實無法忘記
最好的豔遇在相互的喟嘆裏

彷彿極目之處，隔雨
亮著某人的名字
——好冷
你詢問，溫酒，擺碟
輕聲唱和電視裏的曲子。噯
剛剛燒好的烏賊

或許雨停之前
我不走了——即使
清晨背脊乍寒
你的胸腹會燙傷中年

ㄋ的眼淚

我將支撐ㄋ的眼淚
當你的頭髮著火
臉部腐爛
當所有的書籍逐漸剝落了燙金
灰塵密密填滿衣物的摺痕
不要哭
我將支撐ㄋ的眼淚

睡前

把桌子擦乾淨
凌亂的剪報
磨損的期刊
一一按順序置放
音樂也關上吧
我安靜跳動的心臟

你的笑容

我幾乎在每個睜眼的時刻，迅速掠過那些被生活牢牢附著而顯現猙獰面目的人和物。我渴望在無法預期的時空夾縫中，再一次印證你抑制的，只為自己的憂傷停留的眼神與笑容。

她的美

她的美所浸染的天空和山林冷霧在此端，我們賴以存活的世界在彼端，望著望著就失去了對等性。

她的美把此端的人間世界穿透了，沙漏一樣，消散一空。

錯覺

天天我在岸上等你
天天我把錯覺吹涼
天天我把錯覺吹涼
天天我在岸上等你

莫忘今生

她閉眼聳起顴骨高高
緊握雙手似要吶喊
群眾瘋狂簇擁台上的拳手
他崩頹在繩圈上
拳套低低垂向愛人的淚珠

寄給Y.J

據說赤腳踐踏欲望深深時
一邊腳印是愛
一邊是恨
我不知道究竟愛淌血多
或者你喜歡多恨一點
而她們畢竟是善於製造喧囂的
笑聲輕浮吸進肺部卻又梗梗如石
你竟笨拙試探她們任意置換的臉色
一只蘋果不僅適合沉思多數人只知
啃食果腹

當每個人都擁有一個飽脹的胃
你是否為掌心緊握的空無一物而無聲嘔吐
然後誇張的笑了
——好罷朋友
燒，光，爛
像睡前洗淨身子一般
捧起火猛力擦拭脊骨
融化的胸腔，你的眼
你的髮

據說赤腳踐踏欲望深深時
愛恨不去的泥濘只有火能洗淨
儘管迅速蒸發的欲望是太迅速了些

我仍為你添置新的背包
塞進陰乾的毛衣
送你到邊界
希望在靜默的日子裏
能早點讀到你寄回的
23朵微笑

恆春行

車停在腥涼的海岸
坑坑疤疤的岩塊仆倒一根根圓木
曾經洶湧的河床
擱淺的蟹破爛多時
早知道招手無人理會
不如笑得燦爛一點
說不定明天將用
長鏡頭賦比我
再一次的抵達與離去
（公路的顏色急促難端詳）

凝重的除去三枚指環
在陌生的街頭
詢問當鋪的方向而終於
拎著一袋檳榔
走進木造的戲院
燈熄滅國歌響起
預告片恐怖片風月片
我拍攝中隱密的恨
和淚

未讀竟的小說清晨醒來
還攤在靠椅上

我忽然不能忍受旅店的氣味
臉浸了一下午的海水和
半暝的月光，俄而
裂疼在如此美好的速度哎喲
又撞壞了一隻蝴蝶
我閉眼咬牙
風裏撲撲的死

暗褐色的獸又馱走一對觀光客
鈴聲也好聽
黃昏終於佔領整片山巒及公路
我坐著看棕櫚和房屋逐漸失去影子
在金黃的遠天下成了黑色的站立

夾縫

要不要在我祈禱的時候
拉重重的大提琴
或者你已無須提醒
五個女人聚在貧瘠的沙丘
她們焚燒一堆白布
那曾纏繞過初生的傷口
彷彿一群怪異的蝴蝶
在暮色中飛揚開來

我憂慮地離開沙丘
搜購四方散落的銅幣
從噴水池撈起褪色的鞋子
而明天他們仍要對我吆喝：
「哎喲，哥哥咳血
妹妹賣花……」
十七年的冬天與明天
太陽昇起然後跌落
等待下雪的人穿過時的大衣
沿河岸走著
第二天便死在教堂的椅子上
至於青苔不正在誰家後院旅行

戰後他們仍要製造一堆沉默的雕像
賣報的老頭就坐在軍裝的投影裏

我將酒瓶在鐵軌上豎立
火車笨重地輾過
一如歷史在偌大的城市輾過
每個角落和當初一樣破舊
我開始迷戀一則低級的傳説

只有天空
越過老鷹及回聲的高度
那裏的世界裸如玄武岩礦
村人在黑色的山谷耕種

他們動作遲緩嚴肅
一隻抓著太陽的黑鳥站在枝枒上面
泥土稻梗沉沉燒灼
凝視的農夫無情預言
明年的收穫與災荒
婦人卻低聲拍問
驚泣的嬰兒
當時間傳來隱隱的門聲
山谷和死亡紛紛被雪埋葬
只有我仍在臆想
雖然我還要瀏覽，嘲弄，然後忘記
洗衣婦與漢子

拓在胳膊上的戰爭
玩具，跳房子，空曠的曬衣繩
這是夾縫，這是拾荒者
灰塵聚集的人生故事
無意棄置的歲月，名字
早年走過的土地廟
我繼續等待預言
我記得
一只裂口的銅杯

馬洛地

（花落下來的時候
沒有什麼是真實的……）

秋天的馬洛地
在紅得要燃燒的原野
一群長衣，跳舞的少女
她們叫喚彼此的名字
她們回去了
牛隻挨著黃昏磨蹭
你是否仍彎腰

在蕪菁田裏

秋天的馬洛地
清晨聽到枯葉上

你的聲音
乾褐的草人傾斜已久
你可以隨模糊的蹄印
踮腳走過河床
用麥稈擦拭鞋緣的泥濘
這山谷外的太陽將昇自何處
馬洛地？此刻
孩子醒來發現窗外仍是襤褸的街道
成千安靜的腰彎著

無數面孔自抽搐的手指仰起
向日葵一樣盲然轉動
這近乎完美的貧苦的節奏
然而
除了偶爾通過天空的雁群
山
恆久地阻隔了這些
花落下來的時候
馬洛地是秋天
真實……

紀念冊

你的內衣作封面
齒痕為目錄
夜裏密麻的雨水
淡化成底襯

然後複印酒肆那面長窗
跨頁的落地長窗
重疊的葉木陰影
毛蟲污泥刺疼全不許侵擾
這端濕冷的雙人座位

放兩片黃綠葉子在咖啡杯旁
加上瓶蓋蒂屍你的眼鏡
遂有一種美好的凌亂，可以
掩飾一切可能的呆坐沉默
這個章節的標題
就用隸書體大大冷冷的
——「過去」

「……你的臉，有一切
的可能性，卻不包括我。」
這個你畫黑線的句子
剛好夾在情緒與情緒後的疲倦之
間徒生美好深沉的感覺。像

讀起了毛邊
的情節
你知道這一切
都是為了你
不知道我
不動聲色
的痛，呵

製版依然沒有足夠的細緻
抱歉無法恰如其分表達
由熟稔到陌生
你曖昧的漸層
總有什麼會被故意和無意棄置

不要口袋照單全收
要能隨身攜帶怕愈走愈遠
體溫降低目光枯竭
書薄薄厚厚分再多章節每個
頁次的指紋都只説明
發生過的事件
像死亡一樣難以遮掩
儘管你一直努力否認我的
齒痕，內衣
和北方那面
熱鬧，濕冷的落地長窗

獻給Ｊ

當然，你不是沒有想過
空氣中一股季節的甜味蔓延
你愛聽吉普車
吃吃笑過每一吋街道
晚間的舞步，你栽培潮濕的氣息
那麼輕易的狂歡
你永不疲倦，你獨睡
偶爾注視自己的腳趾

袒露胸部
想明天，後天依然美麗
想鏡臺許久未拭
想得好多

（老人吻你，孩子愛你
男人滾動喉結
咬你。）

忙於梳理腹部的毛髮
擰乾多汁的厚唇
你並無意

輕輕忘了曠野的呼吸中
暴棄的，很多污漬的
無言的椅子

泥濘記得你的獨行
枯葉記得你的體溫
皮箱裏
禁慾的長衣變黃
蕪菁田一夕間迅速枯萎
（把咳嗽當成旅途的一個記號）
問你為何不忍這白色城市

手持三等車票走進人生碼頭
汗臭的，衣衫不整的落日使欲望解體
酒瓶滾動著虛空
你除去緞子鞋
彎身拾起死者
嗚嗚奏鳴的溝渠漫過牆角
你走進打烊的酒吧
眼裏噙著星光
你永不疲倦
手持三等車票默默搜尋
深情難明

不是愛人的愛人

（一次犧牲，永遠犧牲
這是定律。）

不知何時失去這句話的專注
內衣散落一地
繡有你偏好的黑色縮寫
儘管你一再更換名字
為那不可預期，終究
難以言明的渴望與離去

我的貝歇氏病症候群

我的貝歇氏病症候群

1

偷偷看了又看幼時的照片
生怕他忘了我

2

行走時
剛剛結束一場搖擺與旋轉

3

害關節炎的小丑

一個使用過度的
猥褻的手勢

4

人生的孤獨造就了那副不在乎的表情
小灰蝶飄忽在暗涼的山路間

5

割開腿上的大動脈
那病的把它放逐
那死的將它遺忘

6

床是諾亞方舟
柳橙汁是威士忌
剝開的文旦是特製的維他命
要的這些些

7

「我自備麻煩，」
「我的聲音只是個聲音。」

8

你從關節
從我腦血管取走的東西
形式憂愁

編號模糊
無法和任何一個
既成的渴望同歡

9

誰彈奏鞋帶
誰明白
黃色藥丸比綠色的
更短暫
更接近皮膚

10

一組過時的密碼

真實
無所開啓

11
這些都是以前的事了
沒有忘記也就沒有希望
想說明白卻又不知如何是好

12
恐怖的是
到頭來你會發現所
有的陳腔濫調
都是真的

指環

天暗了海這裏看不見
可是聽腥涼的風
潮浪拍打岩岸
月色吞吐中
指環鬱鬱的光澤
你青一塊
紫一塊的身體與愛

死者的名單

生者的名單
死者的名單

那些來不及一一告別的事物
遠山的雲今天
在，明天不再

孤獨

勇氣是星期一
背影是星期二
死是屋簷雨滴
下孤獨的少女
至於我，洗手間
的燈還沒有打開

晚間的浸禮

我們嚴肅
我們因此受苦
急於尋找門診清單上面
腳踝的去向
掛在門後的雨衣
剛剛結束晚間的浸禮
滴答未明

背叛

一種需要難以言喻
當笑料劇結束
廣告無情地傾洩
藥瓶已空
被背叛，被一再的背叛
我需要可以坦白喊痛的對象

走路的樣子

他走路的樣子，既不趕忙也不悠閒，彷彿不是為了到達什麼地方。那腳步像秒針繞行一般，如果停了下來，就是一次小小的死亡。

弱小的字眼

沉默的香氣在
清晨末端輕輕打了個美麗的結
有一些字眼
對我這樣弱小的人
非常重要

散步

以勉強開始
於無意間結束
死的距離
恰好等於一次私人的散步

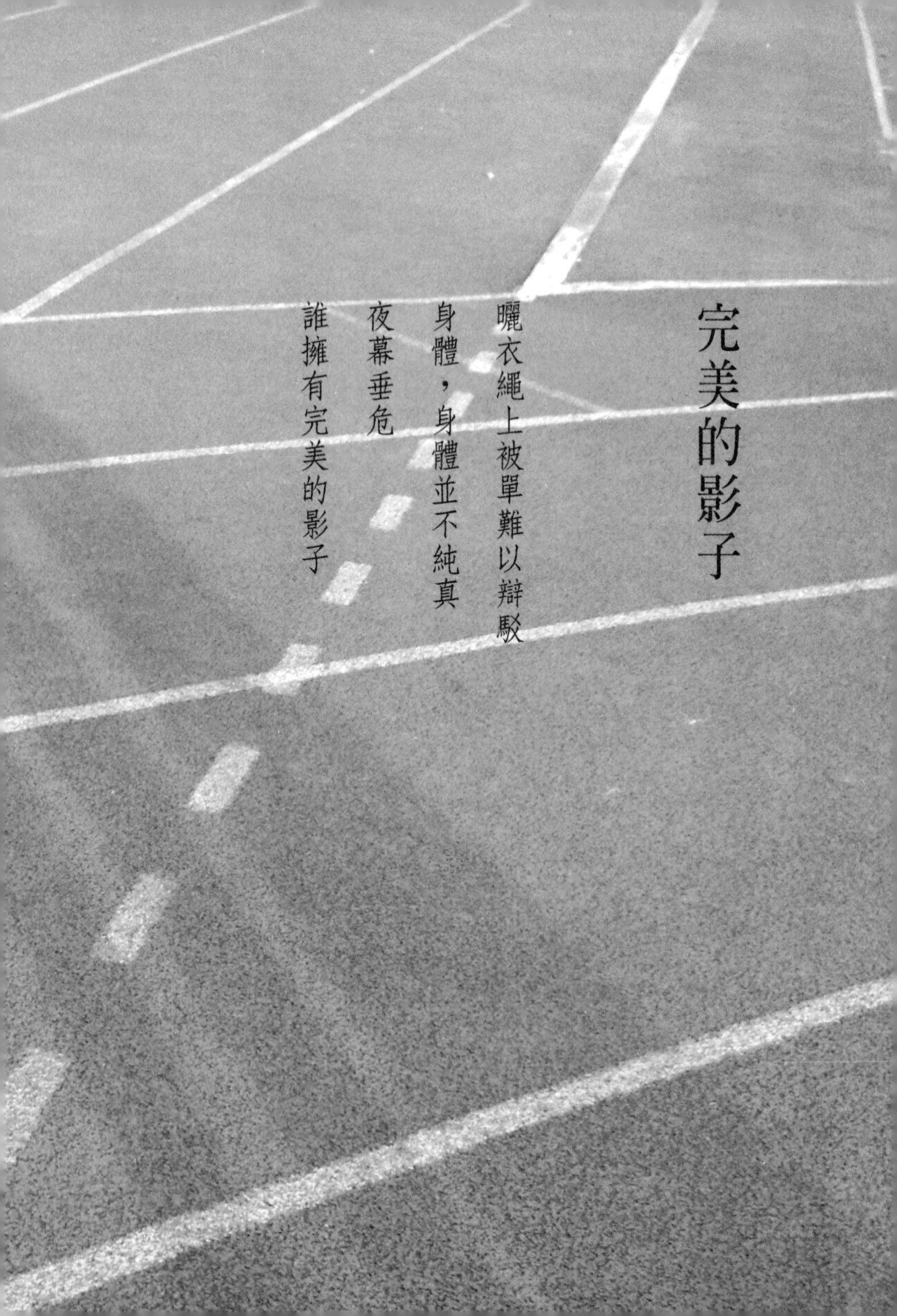

完美的影子

曬衣繩上被單難以辯駁
身體，身體並不純真
夜幕垂危
誰擁有完美的影子

13診25號

黃黏膜。淤指尖
亮夾克
睫毛卡住青春的試探
陰道塞劑間歇釋放
一顆疲憊的痣
體味惆悵——
「會啊，每次都會痛。」
只可以被赦免
不可能被治癒

如果詩是發炎的證明
咳嗽像
褲袋內收束的拳頭
「有時事實並不重要。」

沒有姿勢可以靠近
看不見的出血自己留著
——愛我
比愛我的病容易

處方

Warfarin。鴨子都到哪裏去了？
拿百疼。以無情切割有情
璜胺匹林。馬戲團的弱音喇叭
秋水仙素。鏡子忘了少年
Xanax。To have and have not.
洛福迪膜衣錠。把血裏的暖還給我
Methotrexate。廬山煙雨浙江潮

母親

我的母親傷了膝蓋
睡前撥不通電話
獨自躺下在客廳潔淨的地板
每當現實逼近
我離家歸來
半夜屋裏上下無助走動
冷風穿堂要訴說的
我再也，再也不能回答
母親未必不懂但也不說

——我無物的存在

早晨的糖衣

死很輕易
像早晨的糖衣

固執。脆弱
徒然一陣風
停在胸口的燕尾蝶

比酒精重
比承諾輕

使我們沉睡
同時甦醒

陌生的代價

速度就是死亡
我們必須重演這個句子
長條狀的禮拜堂
又近又深
每個人隱藏的處所不同
有永遠的失敗
沒有永遠的清醒
喪禮結束前
我心不在焉

選擇只能是選擇性的相信
意義只能是意義的困境
所有的軟弱皆來
自一種需要——
需要消耗

凌晨一點
洗衣機馬達悶轉
成堆待洗的信仰
比白日夢更不善平衡
（他們習慣利用你的恐懼，
你會選擇相信空虛嗎？）
有永遠的代價
沒有永遠的凱歌

喪禮即將結束
什麼都還沒有發生
必然性只能是必然的尷尬
超越只能是超越的深淵

力氣如果來自自身就不要失望
尋找的足跡如果沒有空白的部分
就會使人硬化
我曉得
但其實我什麼也不知道
所有藏在壁紙後面的同情
我們必須放棄

死亡沒有目的

清晨的喟嘆

「泥濘的夏雨匆匆進行著什麼？」
有件事先說清楚
我的乳頭很敏感
特別是在清晨
——腰的凹陷
腿的溫熱
手的喟嘆

紙飛機

許久沒有消息
很想念
這裏一切安好
勿掛念
明天寒流要來
加衣服
霞光霞光紙飛機
飛到東
未到西……

字母湯

晚餐的字母湯裏
退化的翅膀喘息
漂浮的玻璃珠露齒苦
笑，竭力避免相互
碰撞。椅子——
空在那裏，燈光瑟縮
脫落的牙刷抓緊
膸下的呼吸，水槽從
來也沒有習慣
拋擲給它的生活

塗在螢幕上的晚霜
收斂皮下的質疑
鍵盤不動聲色
左手的隱喻有點著涼
彷彿冷熱之間拿
捏不定，光説著
陸續白了

而脅下的疤痕純屬意外
不曉得它的作用
來歷。是不是有
誰吹熄了鏡中的火光

——訊息冷卻

凝固，氣味一直蔓延
到膝蓋。當我
忍不住又寫下了
灰，你一退，再退
……再退
渴望比字母更一無所有

二月

紅衣人笑了
報紙裏碎裂的曲線依舊美好
在聲音與臉孔之間
聽見的，只
有骨頭的寂靜
寂靜洶湧的
旗語。當嘴
唇抵達午後的刻度
發現二月已經被窗口收回

——你選擇不眠

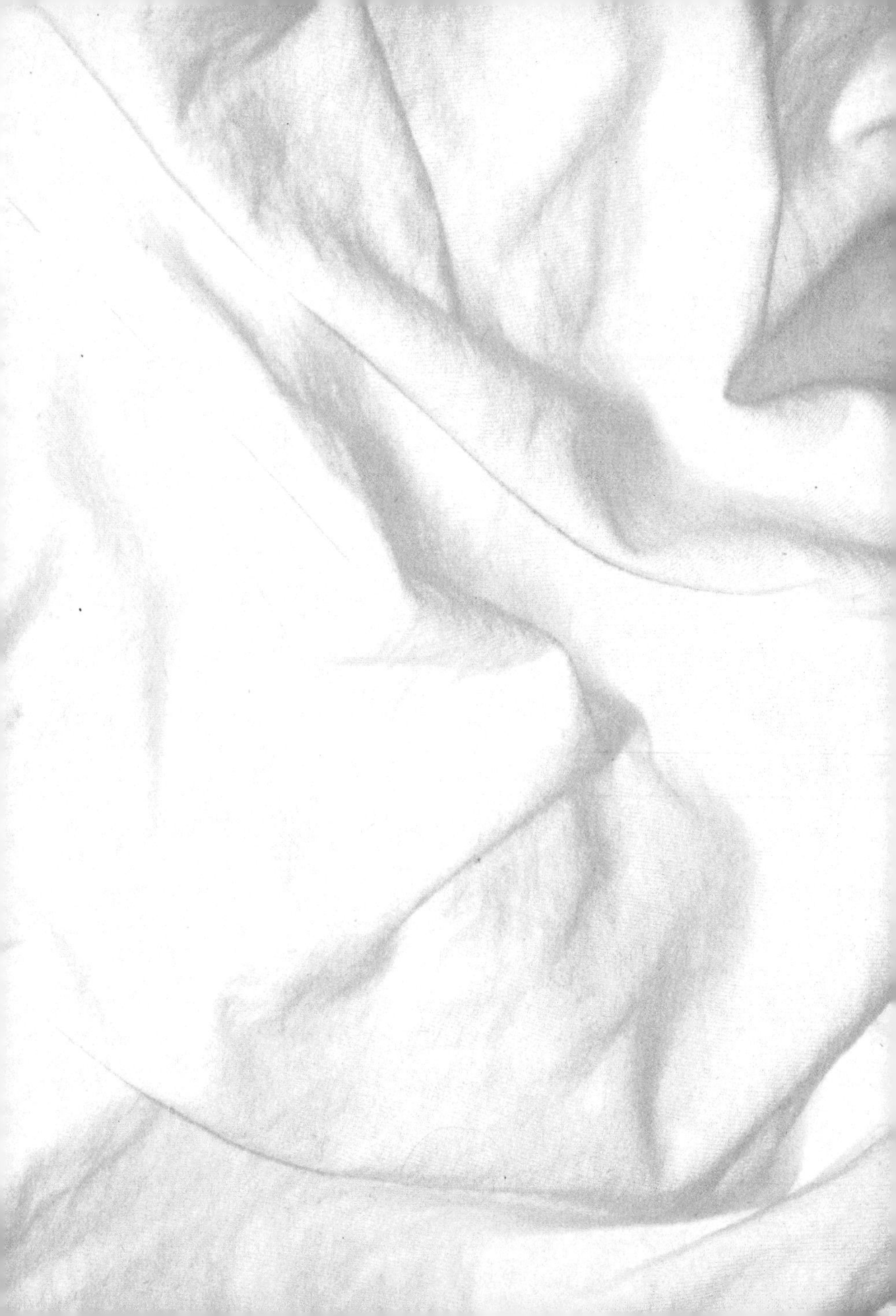

三月

拉上床單，枕頭裏
美麗的臉勉力維
持著，美麗而虛弱
閃光燈此起彼落，一一
吹熄眼中的餘燼——
白色褪成了白色
底下的身體又接近每晚
固定消失的時刻
像三月，三月
陰寒的指針跨過空格

進入隧道，在
隧道裏迷失方向

向內俯視，一整排
長滿了雜草的抽屜
傳來鈍重的金屬聲
像一句慈悲的嘆息，帶走
了蹲在那裏的我，順手將
口袋的碎片掏空，和
黑色梯子擺在一起——
我一度以為那是金魚的眼睛
是嘴中冰冷的食物
掙扎著要進入

或游開我的心
我沒有臉
倘若你允許

野薑花香

這一次未必能踩完全程。繞經
福安廟，大礁溪橋左轉茶園
揮汗上坡，過實驗林場
貼河岸續入山谷。蓮霧，金棗
桶柑，土石流沖垮了養殖場
拍翅伸爪，蓄勢降落的白鷺
若無所思。澗石聲聲明弱
有致——我煞停，喉心
一股甜，啊昔日，恍如昔日
狄倫的口琴奔馳中於收音機亭亭吐露

讓我們一起軟弱

回答

你可以凝視。而
關於這樣或那樣的問題
海，是不回答的

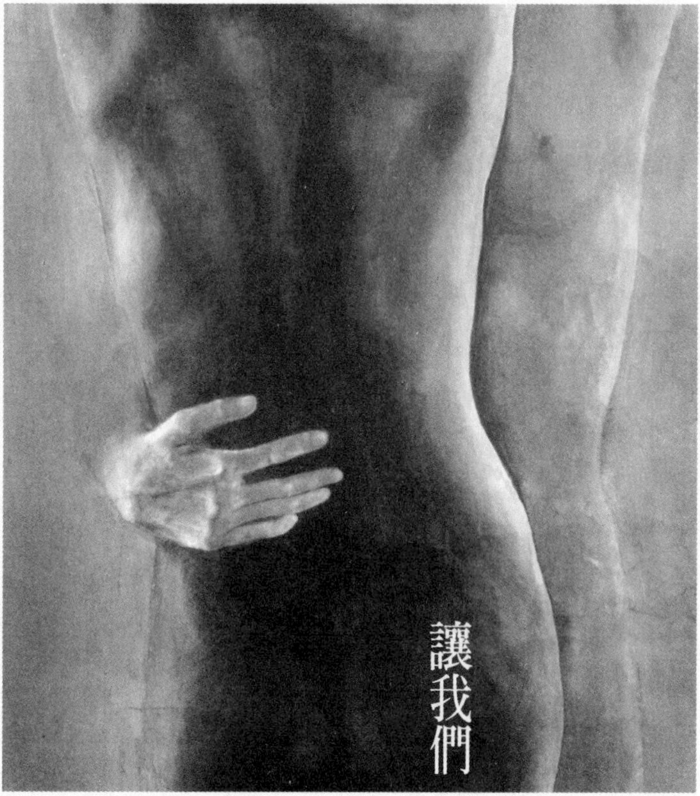

讓我們一起軟弱

幕落之前
讓我們一起軟弱
還有什麼答案比得上
半顆洋蔥的甜蜜

依偎

我們共同的苦難是什麼？
那不是相愛
是依偎

ㄞˋ的代價

目光低垂
雙唇緊閉
指尖麻木
ㄞˋ的代價

早夭的海

那海已經老了
早夭的海——
我從未想要成為完美的人

信

我陪那個聲音過了一晚
陽光曬上石牆
烽火躲進閣樓
那封信
那封信早就化為灰燼

家

馬桶蓋沒有睡
靜止的憂愁
一輩子也走不開

記得完美

女中音剛剛開始吟味我的私處
冷的火，熱的冰
或者你可以選擇記得完美
無用的完美
像昨天
昨天下午的決心
落葉的氣息
我們並不悲哀
也不自由

詩，與歌，與飲

我怕你看懂我的意思
我不想撒網捕魚
我要去雲霧深處摘
採不知名的蟲草
餵養那些漏網的魚

她不是用喉間唱出情感
她的聲音本身包含情感
的微妙，怎麼也
聽不分明

你老是在旅行。在同
一個地方來來去去
你不想跟廚房獨處
你需要來一杯，你需要
再來一杯。敬
自盡多年
欲埋不得的餘溫

事物的自由

地獄在人間
所以我們活著
避免矯情的最佳方法是
在事物內部
找到一堆畏光的文字
令心智顯得多餘
勇氣成為偶然
用舌頭仔細懲罰每一個字眼

直到無辜者原形畢露
即使我們仍然選擇相信真理
——伏特加與香菸
　影子和床單
腦中的雙關語提前切換
四十二分局無人應答

地獄在人間
我們只好選擇躺著
事實不能決定自己的言語
權力的照片拒絕褪色
指紋無意歌唱

夜以繼日，一隻
過緊的鞋子
當時間之鹽
令革命者的頭疼加劇
鴿子受到鼓勵
海的首席演奏者
飛離夜的整排椅子

地獄在人間
所以我們選擇活著
沒有真正的懲罰
沒有一個字眼

值得過分認真
「並非眼前的事物令我退卻。」
誰的意志閃爍
留言只剩一行
——「我們沒有祕密」
使我們不自由的事物
也不自由

萬丹西施

把完整的撕裂
把陌生的縫合
她直直看進我的虛無
在顏色與顏色之間
壓克力遮蔽了對剖的激情
西施獨舞，燈光失速
好像有個沒有表情的聲音坐在裏頭
——「左邊一步，右邊一步。」
「給我們再來一步。」

距離保持暈眩
清醒請勿過量
兩腿間的漩渦
把陌生的縫合
把完整的撕裂
世界的這個夜晚
我沒有恨意
我沒有愛意

聽說

說話的時候
沒有準備要聽
聽的時候
懶得去想

說你的
聽我的
節奏冒出黑煙
語氣就要出軌

「剛剛不是才說過嗎！」
「算了。」
「我記得不是這樣。」

舌頭攔住牙齒
胃裏一陣空虛
手腳忙著讓翻滾的身體
自半空墜落——底下
早就張好的網子想必
牢固——直到我們先
後跌回自己的屁股

原來你要聽的

不是這種真話
原來終究是為了討好自己
我們所有的焦慮

土黃色的夾克

土黃色的夾克面向
驗屍間。我沒有看
見你，只知道
你的小兒子新剃了短髮
土黃色的夾克背對著螢幕
面向——媽媽
縮在那裏：有人，唉
用鋼剝除她用凌亂的毛
髮梳理她用濕熱的吐氣
冷卻她。——這一

切，全在眼前的這塊白布底
下，陸陸續續完成。沒有別
的你，把僅剩的孤單留給了
最小的他，和身上土黃色夾
克裹你的氣味逐漸淡薄永
不消散的氣味，如
此全心全意，讓人的
希望
落
空

我看著他的後腦勺，和
土黃色夾克的背影，彷彿

聽見從他身體傳來的裂帛聲：
一道可怕的缺口正迅速擴
張，把我聽見的，想到
以及沒有想到的話語全
部吞噬殆盡
只剩下——
只剩下

後記：春節前，偶於電視新聞見台中某理容院房間內有一女被男客強暴凌虐致死。此女獨力撫養三名子女，其二十二歲的大女兒說一家人剛從嘉義北上討生活，白天母女擺臭豆腐攤，生意清淡，不得已母親晚間至理容院為人按摩貼補家用，不料過年前夕出此慘事。

姐弟三人站在驗屍間（？）門口，天甚寒，小男孩著土黃夾克目投母體，瘦小的身型似乎不過十一、二歲。連轉數台先後見此同一畫面，心中不能自已——他生未卜此生休——直覺得那一刻他是普天下最不幸的孩子。後作此詩哀之。（二〇〇三年二月）

午夜之前

漂流物邊界游移
空白的消波繩倦了
指尖兀自低語
抗拒謎題的試探

但死者無意寬容
午夜之前
請完成所有排練作業

深夜的葬禮

——讀大亨小傳

把澡洗完頭髮略一擦乾
阿勞彈奏的舒伯特和
書頁裏的段落還在燈下
躺著：雖然
雖然結局早已知曉拖延到
傍晚被雨水浸得濕黑的草地上
葬禮一下子便進行完畢始終
沒有熱鬧一些
我仍舊坐下來，眼鏡戴上想要

再確認一次。讀著讀著
赫然發現原來什麼時候竟有這
許多陌生熟悉的男男女女持續
默默加入悼亡的行列直到深夜
還，從已經看不見的草地傳來
踩在水裏的聲響

我的名字

我在這裏沒有名字
狄更斯，狄更斯許久沒有新作
我活過的日子只有幾天
我寫下的隻字片語從未完成
我對自己的了解遠超所需
「不要過度倚靠生命！」
——包裝盒上沒有表情的警語
我在這裏沒有名字
我站上跳板
不是為了高於自己，為了

沒人在乎的商業午餐
它痛起來像海嘯：再也不能
踮起腳尖，伸直頸子
別開臉——
我還能原諒什麼？

房間，很多房間
腳踏墊底下藏有一半生活
有些地方永遠也到不了
我折下一枝花
我的愛是一塊錢
阿姆斯特丹不善言詞
胯下的拉鍊急於迎合自己

我會失去，我會心碎

愛絲特拉並非不可能

一首沒有愛的歌

並非不可能

「城門城門雞蛋糕

三十六把刀……」

那只是歌而已，只是

兩片土司烤焦了

非此非彼的欲望

我沒有辦法推測牙齒的經歷

從杯底的殘渣解析夢境，一一

指認失竊的記憶，——我把

瓶蓋和花擲入水面。眼簾
思索可及的生機一片曾經埋葬荒蕪的
心神種種若有若無，預約
脆弱的時刻：
我在這裏沒有名字——我也沒有
排隊的心跳，從窗口
領取表格，飲水機的
紙杯，一小截紗布
把鉛筆削尖，細節
固定，鬆弛的掌心撫摩
剩餘的關節，書頁裏
怎麼也找不到那個句子

星空徹夜開放，收容
凝視折返的心
直到曙光姍姍抵達
發現自己還等在這裏：
沒有名字，我，還能要什麼？

［後記］

有痛楚，更有無窮的喜悅……

日常翻閱的哲學書裏夾了張黑白照片。照片上小男孩著深色短褲，米黃色衛生衣袖管捲拉到胳膊。他腳下是蜂巢狀的海蝕岩臺，右手握立著比身型略高的竹撈網，那年夏天的陽光已經在他腳背留下橡膠拖鞋人字形的印子，空氣中飄散午後陣雨結束不久的潮潤氣息。反覆地摸索照片和記憶，一股迷惘、心酸的負疚感再度浮現，我聽見自己的聲音：「兄弟，怎麼辦？後來我把事情搞砸了。」「別太難過，」他保持寧靜開心的笑容：「至少……至少我們還寫了那些詩。」

詩？我們的詩？

收在這本集子的是我過去二十年間陸續零散寫在筆記簿的詩作。我寫的本來就不多，儘管並非刻意保持低調，還是最近這一兩年才有二三好友索讀過這些東西並鼓勵我公開發表。我也才有機會檢視這些字句在過往的時光中對我產生的意義，其中有感慨，有痛楚，更有無窮的喜悅。

人活著恆常於兩股心緒間擺盪：一方面珍惜手頭累積的小小成果，仔細體會其中的辛勤和滿足並努力擴充之；有時則廢然覺得這一切根本不是自己真心想要的——你只想走開，從腳下的方寸之地走開。我們不見得想要變得更好，我們只想當個不一樣的人。如果說人生是環繞著自己想要（或逃避）的東西的一連串行動，從青春期開始，由於某個特殊的病，川流不息的疲倦和舉步維艱使我在大部分的時刻選擇了不行動。好多日子我必須懷著恐懼醒來，動動腳趾頭便知道今天又毀了。如果可以，你眞希望將今天直接從生命中刪除，因爲它根本剝奪你下床、使用這兩條腿的意志，你連走向這美好的一天的起點都不到。

不利的處境雖然戲劇性地突顯字詞傾訴對我取得生存控制感的重要，但並未因此賦予我站在寫作制高點的特權；經由光怪陸離的際遇得以窺見生命不輕易示人之底蘊的念頭充其量只是虛榮的幻想：

夜幕垂危
誰擁有完美的影子

世界並未替殷殷懇求其奧妙的心靈準備任何指引，寫詩的人只好自己說個不停，隨即將說出的話語一一剔除，逼近囁嚅無言的斷境，直到空白處出現幾行陌生熟悉的字詞方暫蒙恩赦。寫作的處境像是被自己綁架的人質，被逼迫著吐露無從知曉的密碼。海明威說：「作家省略了自己不知道的事物時，作品就會漏洞百出。」對我而言，詩的任務則傾向於省略所有「已知的事物」——那些必須確實掌握，清楚表達的事物不是引不起我的興趣，就是恐怕它容易淪於牢固僵化而使詩受到傷害。雖然始終懷疑本身是否有足夠的能力訴說那些空白，還是希望寫出來的字句多少比我聰明，比我耐煩，足以使我顯得「漏洞百出」。這種沉默，焦慮，充滿不確定感的過程是我經歷過的最慈悲的磨難。

多數時刻，旁人眼裏，寫詩並不值得鼓勵，甚至是花力氣都未必能理解、容忍的行爲。對詩與寫詩者持有這種或隱或顯的疑慮以及被冒犯的感受其實不無道理。詩的語言和姿態暗示著通常我們用來溝通彼此，表達並界定自我的話語處於持續失血的狀態，意義一點一滴被消耗，遺忘了。沒有能力爲自己的感受與幻想創造獨特隱喻的人生其實「不值一行波特萊爾」。這看似傲慢的態度正好突顯了詩的倫理意涵：她呼應著走出當下的方寸之地，置身他方的心理需求，也告示了生存意義的創造與界說是個體沉重的任務，難以讓渡，委由他人代理完成——人只能打造自己的方舟。

躺不下的夜晚，我反覆凝視，近乎無聲地唸著筆記簿裏的句子，嘗試各種方法要她們更簡鍊，更繁複一些。筋疲力盡之餘幸好偶爾也有獲救之感。從那張舊照片的小男孩身上，我看到自己一點一滴失去的一切。經由寫詩彷彿還能和他維持某種聯繫，讓小男孩對我不至於完全陌生，變成不同世界的人。小說《雙城記》結尾處，狄更斯為赴義就死的卡爾登說出他最後的話語：「我做了比我所能做的更好的事情，即將得到比我所能得到的更好的休息。」如果詩是我所能知道的「更好的事情」和「更好的休息」，寫作則可說是為了不斷地重寫這「最後的話語」所做的努力。儘管上上個世紀，那早逝的詩人已經欣然且哀愁地點出這最後的話語終歸是「寫在水上」的。

（二〇〇三秋）

智慧田系列── 強烈的生命凝視，靜默的生命書寫，深深感動你的心！

015有光的所在 ◎南方朔 定價220元

當世界變得愈來愈無法想像，唯有謙卑、自尊、勇敢這些私德與公德的培養，才會讓我們免於恐懼。本書獲明日報讀者網路票選十大好書、誠品2000年Top100、中國時報開卷版一周好書榜

016末日早晨 ◎張惠菁 定價220元

當都會生活的焦慮移植在胃部、眼神、子宮、大腦、皮膚、血管……我們的器官猶如被我們自身背叛了。文學評論家王德威專文推薦，中國時報開卷版一周好書榜、聯合報讀書人每周新書金榜

017從今而後 ◎鍾文音 定價220元

書寫一介女子的情愛轉折，繁複而細膩烘托出愛情行走的荒涼路徑，全書時而悲傷、時而愉悅，把我們帶進看似絕望，卻有一線光亮的境地。中國時報開卷版一周好書榜

018媚行者 ◎黃碧雲 定價220元

寫自由、戰爭、受傷、痛楚、失去和存在，黃碧雲的文字永遠媚惑你的感官、你的視覺、你的文學閱讀。

019有鹿哀愁 ◎許悔之 定價200元

將詩裝置起來，一本關於詩的感官美學，一本關於情感的細緻溫柔。詩學前輩楊牧特別專序推薦

020剎那之眼 ◎張 讓 定價200元

高濃度的散文，痛切的抒情，戲謔的諷刺，從城鎮、建築、小路、公路、沙漠等我們存在的世界一一描摹，持續張讓微觀與天問的風格作品。本書榮獲2000年中國時報開卷十大好書獎

021語言是我們的海洋 ◎南方朔 定價250元

南方朔的語言之書第三冊，抽絲剝繭、上下古今，道出語言豐碩的歷史與文化價值。本書榮獲聯合報讀書人2000年最佳書獎

022鯨少年 ◎蔡逸君 定價200元

新詩得獎常勝軍蔡逸君，以詩般的語言創造出大海鯨群的寓言小說，細細密密鋪排出鯨群的想望與呼息。

023想念 ◎愛 亞 定價190元

寫少年懵懂，白衣黑裙的歲月往事；寫「跑台北」的時髦娛樂，乘坐兩元五毛錢的公路局，怎樣穿梭重慶南路的書海、中華路的戲鞋、萬華龍山寺、延平北路……

024秋涼出走 ◎愛 亞 定價200元

原刊登於中國時報人間副刊「三少四壯集」專欄，內容環繞旅行情事種種，人與人因有所出走移動，繼而產生情感，不論物件輕重與行旅遠近。愛亞散文寫出你的曾經。

025疾病的隱喻 ◎蘇珊．桑塔格 刁筱華/譯 定價220元

美國第一思想才女的巔峰之作，讓我們脫離對疾病的幻想，展開另一種深層思考。本書獲聯合報讀書人每周新書金榜，中國時報開卷一周好書榜

026閉上眼睛數到10 ◎張惠菁 定價200元

張惠菁在時間與空間的境域裡，敏銳觸摸各種生活細節，摸索人我邊界。本書獲聯合報讀書人每周新書金榜，中國時報開卷一周好書榜

027昨日重現──物件和影像的家族史 ◎鍾文音 定價250元

鍾文音以物件和影像紀錄家族之原的生命凝結。本書獲聯合報讀書人每周新書金榜，中國時報開卷一周好書榜、誠品選書

智慧田系列── 強烈的生命凝視，靜默的生命書寫，深深感動你的心！

028最美麗的時候 ◎劉克襄　定價220元

《最美麗的時候》爲劉克襄十年來之精心結集。隨著詩和畫我們彷彿也翻越了山巔、渡過河川，一同和詩人飛翔在天空，泅泳在溫暖的海域，生命裡的豐饒與眷戀。

029無愛紀 ◎黃碧雲　定價250元

本書收錄黃碧雲最新兩個中篇小說〈無愛紀〉與〈七月流火〉以及榮獲花蹤文學獎作品〈桃花紅〉，難得一見的炫麗文字，書寫感情生命的定靜狂暴。

030在語言的天空下 ◎南方朔　定價250元

南方朔語言之書第四冊，將語言拆除、重建，尋找埋在語言文字墳塚裡即將消失的意義。

031活得像一句廢話 ◎張惠菁　定價160元

如果你想要當上五分鐘的主角；如果你貪婪得想要雙份的陽光；你想知道超級方便的孝順方法；你想要大聲說這個遜那個炫；你想和時間耍賴……請看這本書。

032空間流 ◎張　讓　定價180元

在理性的洞察之中，滲透著漸離漸遠的時光之味，在冷靜的書寫，深刻反思我們身居所在的記憶與情感。

033過去──關於時間流逝的故事 ◎鍾文音　定價250元

《過去》短篇小說集收錄鍾文音1998至2001兩年半之間的創作。作者輕吐靈魂眠夢的細絲，織就了荒蕪、孤獨、寂寞與死亡，解放我們內心深處的風風雨雨。

034給自己一首詩 ◎南方朔　定價250元

《給自己一首詩》爲〈文訊〉雜誌公布十大最受歡迎的專欄之一，透過南方朔豐富的讀詩筆記，在字裡行間的解讀中，詩成爲心靈的玫瑰花床，讓我們遺忘痛楚，帶來更多光明。

035西張東望 ◎雷　驤　定價200元

雷驤深具風格的圖文作品，集結近年創作之精華，一時發生的瞬間，在他溫柔張望的紀錄裡，有了非同凡響的感動演出。

036共生虫 ◎村上龍　定價220元

《共生虫》獲得谷崎潤一郎文學賞，這本描繪黑暗自閉的生命世界，作者再一次預言社會現象，可是這一回不同的是我們看見對抗僞劣環境的同時，也產生了面對未來的勇氣。

037血卡門 ◎黃碧雲　定價250元

黃碧雲2002年代表作《血卡門》，是所有生與毀滅，溫柔與眼淚，疼痛與失去的步步存在。
本書獲聯合報讀書人好書金榜

038暖調子 ◎愛　亞　定價200元

愛亞的《暖調子》如同喚起記憶之河的魔法師，一站一站風塵僕僕，讓我們游回暈黃的童年時光，原來啊舊去的一直沒有消失，正等著你大駕光臨。

039急凍的瞬間 ◎張　讓　定價220元

張讓散步日常空間的散文書《急凍的瞬間》，眼界寬廣，文字觸摸我們行走的四面八方，信手拈來篇篇書寫就像一座斑駁的古牆，層層敲剝之後，天馬行空也有發現自我的驚奇。

040永遠的橄欖樹 ◎鍾文音　定價250元

行跡遍及五大洲，橫越燈火輝煌的榮華，也深入凋零帝國，然而天南地北的人身移動有時竟也只是天涯咫尺，任何人最終要面對的還是如何找到自己存在的熱情。

041語言是我們的希望 ◎南方朔　定價260元

語言之書第五冊，南方朔再一次以除舊布新之姿，爲我們察覺與沉澱在語言文化的歷史與人性。

智慧田系列── 強烈的生命凝視，靜默的生命書寫，深深感動你的心！

042希望之國 ◎村上龍　定價300元

村上龍花了三年時間，深入採訪日本經濟、教育、金融等現況，在保守傾向的《文藝春秋》連載，引發許多爭議，時代群體的閉塞感在村上龍的筆下有了不一樣的出口。

043煙火旅館 ◎許正平　定價220元

年輕一輩最才華洋溢的創作者許正平，第一本散文作品，深獲各大報主編極力推薦。二十年前台灣散文收穫簡傎，而今散文界最大收穫當屬許正平，看散文必看佳品。

044情詩與哀歌 ◎李宗榮　定價220元

療傷系詩人李宗榮，第一本情詩創作，收錄過去得獎的詩作與散文詩作品，美學大師蔣勳專序推薦，陳文茜深情站台，台灣最具潛力的年輕詩人，聶魯達最鍾愛的譯者，不可不讀。

045詩戀記 ◎南方朔　定價250元

從詠歎愛情到期許生命成長，從素人詩到童謠，從貓狗之詩到飢餓之詩，從戰爭之詩到移民之詩，詩扮演著豐富生活的領航者。在這個愈來愈忙碌的時代，愈來愈冷漠的人我關係，詩將成爲呼喚人生趣味的小火種，點燃它，請一起和南方朔悠遊詩領域！

046在河左岸 ◎鍾文音　定價250元

這座島上，河流分割了土地的左岸與右岸，分別了生命的貧賤與富貴，區隔了職業的藍領與白領，沉重混濁的河面倒映著女人的寂寞堤岸，男人的欲望城邦。一部流動著輕與重，生與死，悲與歡的生活紀錄片，人人咬牙堅韌面對現世，無非爲了找尋心中那一處沒有地址的家。

047飛馬的翅膀 ◎張　讓　定價180元

是生活明信片，提供我們與現在和未來的對話框，抒情與告白，喂嘆與遊戲，家常和抽象思索，由不解、義憤到感慨出發，張讓實在而透明的經驗切片，都是即興演出卻精采無比。

048蛇樣年華 ◎楊美紅　定價200元

在濃重緩慢的書法勾勒中，一再反覆記起離家母親的種種氣味。在願望和遺憾的時光裡，浮世夫妻暗暗幻想掠奪彼此的眼與耳。八篇生命的殘件與愛情的殘本，楊美紅書寫建構出人間之悲傷美學，有血有肉的小人物世界，小悲小喜的心中卻有大宇宙。

049在梵谷的星空下沉思 ◎王　丹　定價220元

王丹的文字裡散發了閃亮的見識，他年輕生命無法抵抗沉思的誘惑，一次又一次以非常抒情的筆觸，向過去汲取養分，向未來誠心出發。

050五分後的世界 ◎村上龍　定價250元

一場魔幻樂音不可思議帶來人性的暴動，一次錯綜複雜的行走闖入五分鐘後的世界，作者不諱言這是「截至目前爲止的所有作品中，最好的一本……」長期以來被視爲小說創作的掌舵者，再次質問現實世界與人我關係的豐富傑作！

051後殖民誌 ◎黃碧雲　定價250元

《後殖民誌》說共產主義、現代主義、女性主義、稱霸的國際人權主義……《後殖民誌》無視時間，不是所謂殖民之後，不是西方的，也不是東方的。《後殖民誌》是一種混雜的語言，它重寫、對比、抄襲，在世紀之初以不中不西、複雜狡黠的形式出現。

052和閱讀跳探戈 ◎張　讓　定價200元

這本歷時一年的讀書筆記，攬括近幾十年來所出版各具特色，不可不讀的好書，每一本書透過她在字裡行間的激烈相問，或緬懷或仰慕或譴責，是書痴的你和年輕朋友們一本映照知識的豐富之書。

國家圖書館出版品預行編目資料

讓我們一起軟弱／郭品潔著.－－初版.－－臺北
市：大田出版；知己總經銷，民92
面；　公分.－－（智慧田；53）
ISBN 957-455-560-7(平裝)

851.486　　　　92019203

智慧田 053

讓我們一起軟弱

作者：郭品潔
發行人：吳怡芬
出版者：大田出版有限公司
台北市106羅斯福路二段79號4樓之9
E-mail:titan3@ms22.hinet.net
http://www.titan3.com.tw
編輯部專線（02）23696315
傳真（02）23691275
【如果您對本書或本出版公司有任何意見，歡迎來電】
行政院新聞局版台業字第397號
法律顧問：甘龍強律師

總編輯：莊培園
主編：蔡鳳儀
企劃統籌：胡弘一
美術設計：純美術設計
校對：陳佩伶／耿立予／蘇清霖／郭品潔
製作印刷：知文企業（股）公司・(04)23595819-120
初版：2003年（民92）12月30日
定價：新台幣 200 元

總經銷：知己實業股份有限公司
（台北公司）台北市106羅斯福路二段79號4樓之9
電話：(02)23672044・23672047・傳真：(02)23635741
郵政劃撥：15060393
（台中公司）台中市407工業30路1號
電話：(04)23595819・傳真：(04)23595493

國際書碼：ISBN 957-455-560-7 /CIP: 851.486/92019203
Printed in Taiwan

廣	告	回	郵
北區郵政管理局登			
記證北台字11049號			
免	貼	郵	票

大田出版有限公司　編輯部收

地址：台北市106羅斯福路二段79號4樓之9

電話：（02）23696315-6　傳真：（02）23691275

E-mail：titan3@ms22.hinet.net

地址：

....

姓名：

....

＊請沿虛線剪下，對摺裝訂寄回，謝謝！

TITAN
大田出版

智　慧　與　美　麗　的　許　諾　之　地

＊請沿虛線剪下，對摺裝訂寄回，謝謝！

閱讀是享樂的原貌，閱讀是隨時隨地可以展開的精神冒險。

因爲你發現了這本書，所以你閱讀了。我們相信你，肯定有許多想法、感受！

讀　者　回　函

你可能是各種年齡、各種職業、各種學校、各種收入的代表，
這些社會身分雖然不重要，但是，我們希望在下一本書中也能找到你。

名字／＿＿＿＿＿＿＿＿ **性別／**□女 □男　**出生／**＿＿＿年＿＿＿月＿＿＿日

教育程度／＿＿＿＿＿＿＿＿＿＿＿＿＿

職業：□ 學生　□ 教師　□ 內勤職員　□ 家庭主婦
□ SOHO族　□ 企業主管　□ 服務業　□ 製造業
□ 醫藥護理　□ 軍警　□ 資訊業　□ 銷售業務
□ 其他＿＿＿＿＿＿＿＿＿

E-mail/＿＿＿＿＿＿＿＿＿＿＿＿＿＿＿＿ 電話/＿＿＿＿＿＿＿＿＿

聯絡地址：＿＿＿＿＿＿＿＿＿＿＿＿＿＿＿＿＿＿＿＿＿＿＿＿

你如何發現這本書的？　**書名：讓我們一起軟弱**

□書店閒逛時＿＿＿＿＿＿書店 □不小心翻到報紙廣告（哪一份報？）＿＿＿＿＿＿

□朋友的男朋友（女朋友）灑狗血推薦 □聽到DJ在介紹＿＿＿＿＿＿＿＿＿＿

□其他各種可能性，是編輯沒想到的＿＿＿＿＿＿＿＿＿＿＿＿＿＿＿

你或許常常愛上新的咖啡廣告、新的偶像明星、新的衣服、新的香水……
但是，你怎麼愛上一本新書的？

□我覺得還滿便宜的啦！ □我被內容感動 □我對本書作者的作品有蒐集癖
□我最喜歡有贈品的書 □老實講「貴出版社」的整體包裝還滿 High 的 □以上皆非 □可能還有其他說法，請告訴我們你的說法

＿＿＿＿＿＿＿＿＿＿＿＿＿＿＿＿＿＿＿＿＿＿＿＿＿＿＿＿＿＿

你一定有不同凡響的閱讀嗜好，請告訴我們：

□ 哲學　□ 心理學　□ 宗教　□ 自然生態　□ 流行趨勢　□ 醫療保健
□ 財經企管　□ 史地　□ 傳記　□ 文學　□ 散文　□ 原住民
□ 小說　□ 親子叢書　□ 休閒旅遊□ 其他＿＿＿＿＿＿＿＿＿＿

一切的對談，都希望能夠彼此了解，否則溝通便無意義。
當然，如果你不把意見寄回來，我們也沒「轍」！
但是，都已經這樣掏心掏肺了，你還在猶豫什麼呢？
請說出對本書的其他意見：

大田出版有限公司編輯部 感謝您！